DIE UNBEKANNTE TOTE

tredition

Druck und Distribution im Auftrag des Autors:
tredition GmbH, Heinz-Beusen-Stieg 5, 22926 Ahrensburg, Germany

Die unbekannte Tote

Wie immer, so waren Doktor Feller und Veronika Gelis am Montagmorgen die Ersten, die seine Chirurgie-Praxis aufschlossen und betraten. Das Wochenende war, wie so oft, durchwachsen gewesen. Es war Frühherbst und Doktor Feller hatte sich nach dem samstäglichen Einkauf eine Ausfahrt mit dem Motorrad durch die Holsteinische Schweiz mit einer Pause am Motorradfahrertreffpunkt in Plön gegönnt. Dort gibt es immerhin eine ordentliche Currywurst. Veronika, seine Lebensgefährtin, fühlte sich unwohl und blieb lieber zu Hause. Am Sonntag wurde lange geschlafen und später dann, am Nachmittag, unternahmen sie eine Wanderung am Brodtener Ufer. Der Abend klang bei dem üblichen Sonntagabend-Krimi und einigen Gläsern Rotwein aus.

Doktor Feller wollte die Praxis aufschließen. *'Das ist merkwürdig, die Tür ist unverschlossen'* dachte er noch. Er betrat die Praxis, schaltete die Alarmanlage aus und fuhr den Praxisserver hoch. Dann ging er von Zimmer zu Zimmer, schaltete dort das Licht an und fuhr die Computer in den Behandlungszimmern hoch. Danach betrat er den Röntgenraum seiner Unfallchirurgischen Praxis und erschrak. Auf dem Röntgentisch lag eine leblose Person, eine Frau. Sie lag dort auf dem Rücken, der linke Arm mit einem Cast-Verband hing seitlich vom sogenannten Bucky-Tisch herunter. Ihre Augen waren offen und schienen die Decke anzustarren. Verwundert näherte er sich. Die Frau war tot. Es gab kein Lebenszeichen. Feller rief sofort Veronika zu sich. Vroni, wie sie üblicherweise genannt wurde, war nicht nur seine Lebensgefährtin, sondern auch seine sogenannte Erste Kraft, 55 Jahre alt, sehr kompetent und berufserfahren, eine zierliche Person, die aber eine unglaubliche Energie besitzt und von Allen, Personal und Patienten gleichermaßen, wegen ihres unglaublichen Humors sehr geschätzt wurde.

Der Doktor erkannte die Frau sofort. Es war Frau Mary Higgins, eine Amerikanerin, Privatpatientin. Sie war blond, schlank, trug einen eleganten Rock, High Heels und eine weiße Bluse. Sie hatte auch bei den Konsultationen vorher schon einen sehr gepflegten Eindruck hinterlassen. Sie war, so sein Kenntnisstand, geschäftlich in Europa unterwegs gewesen. Wegen einer Handgelenkfraktur hatte sie sich von Doktor Feller behandeln lassen. Doktor Feller hatte sie am letzten Dienstag, vor sechs Tagen also, operiert. Der postoperative Verlauf hatte den Doktor durchaus zufrieden gestellt. Zur letzten Kontrolle war Frau Higgins drei Tage zuvor in seine Praxis gekommen. Der nächste Termin wäre erst am nächsten Freitag gewesen.

Wie an jedem Tag, so warteten auch an diesem Morgen schon viele Patienten vor der Praxis. Doktor Feller erklärte allen Patienten, dass die Praxis wegen krankheitsbedingtem Personalmangel an diesem Tag geschlossen bleiben musste und schickte sie wieder weg. Einigen nannte er noch die Adresse eines befreundeten Chirurgen.

Dann trafen auch die ersten Mitarbeiterinnen sowie Niklas, der Auszubildende, ein. Doktor Feller verschloss den Röntgenraum und rief die Polizei. Feller und Vroni setzten sich in Fellers Besprechungszimmer. Vroni wurde fahl und musste sich auf die Behandlungsliege begeben. Niklas und die anderen Mitarbeiterinnen versammelten sich derweil im Sozialraum.

Wer war diese Frau wirklich? Und warum lag sie in der Praxis?

Nach zwanzig Minuten traf die Kriminalpolizei ein. Hauptkommissar Hansen, ein stattlicher Mann von circa einem Meter neunzig, gut aussehend, mit Anzug, Hut und Trench-Coat, stellte sich vor. Feller schätzte ihn auf etwa fünfzig Jahre. Mit ihm trafen noch seine

Assistentin, eine Frau Müller, Oberkommissarin, der Rechtsmediziner Doktor Faust und mehrere Mitarbeiter der Kriminaltechnik ein. Feller führte die Kriminalbeamten in das Röntgenzimmer. Doktor Faust machte sich sogleich an die Arbeit.

Der Rechtsmediziner führte eine erste Untersuchung nach dem Augenschein durch. Die Totenflecke fanden sich auf dem Rücken. Das heißt, die Tote verstarb auf dem Rücken liegend, offensichtlich auf dem Röntgentisch. Äußerlich waren Verletzungsfolgen, außer Blutergüsse an den Oberarmen und am Hals, zunächst nicht sichtbar. Die Kleidung der Toten war unversehrt. Die Todesursache war noch unklar. Der Todeszeitpunkt war vermutlich achtundvierzig Stunden zuvor gewesen. Alles weitere müsste die Untersuchung in der Rechtsmedizin erbringen.

Die zwischenzeitlich eingetroffenen Beamten der Spurensicherung, Spusi, machten sich an die Arbeit. Man stellte fest, dass es keine Einbruchspuren gibt. Auch waren die Fenster alle verschlossen gewesen. Unter dem Röntgentisch fanden die Beamten eine 10 ccm-Spritze mit aufgesteckter Nadel. Den Praxisserver nahmen die Kripoleute mit.

Nachdem die Spusi mit ihrer Arbeit in der Praxis, vor allem aber im Röntgenraum, fertig war, wurde der Leichnam zur Gerichtsmedizin abtransportiert. Anschließend informierte Doktor Feller die Ärztekammer und die Kassenärztliche Vereinigung.

Hauptkommissar Hansen beschlagnahmte die Patientenakte der Verstorbenen und führte eine erste Befragung des Arztes und seiner Mitarbeiter durch. Niemand kannte die Tote näher. Niemand konnte weitere sachdienliche Hinweise geben. *'Warum konnte die Tote unbemerkt das Wochenende über in der Praxis liegen, wo die Praxis doch alarmüberwacht ist?'* dachte der Kommissar. Doktor Feller erklärte, dass die Alarmanlage nur mit der Eingangstür gekoppelt ist. Nach dem Öffnen der Tür und dem Betreten der Praxis muss der Alarm mit einem nur dem Doktor und seiner Ersten Kraft bekannten Code innerhalb von 30 Sekunden entschärft werden. Unterbleibt das, dann läuft bei der Wachfirma ein Alarm auf. Der hat zur Folge, dass zunächst in der Praxis angerufen und ein Code-Wort abgefragt wird. Ist dort niemand erreichbar, dann macht sich ein Mitarbeiter des Wachdienstes unverzüglich auf den Weg zur Praxis. Ein Anruf bei der Wachfirma ergab, dass das nicht der Fall war seitdem die Praxis am letzten Freitag nach Arbeitsschluss verschlossen worden ist. Feller und die Mitarbeiterinnen wurden zur weiteren Befragung noch am selben Tag in das Kommissariat einbestellt. Die Praxis wurde versiegelt. Doktor Feller beauftragte Vroni noch, einen Aushang an der Praxistür anzubringen, dass die Praxis für eine Woche geschlossen sei. Eine gleichlautende Nachricht sollte sie auf der Praxis-Homepage unterbringen. Die Praxis wurde polizeilich versiegelt.

Feller und seine Partnerin Veronika Gelis setzten sich in Fellers alten Ford und fuhren erstmal in ihre Wohnung. Vroni, sonst eine durch und durch fröhliche Person, war sprachlos. Feller und Vroni hatten sich nach dem Krebstod von Fellers Frau vor elf Jahren mit der Zeit angenähert und wurden schließlich ein Paar. Feller hatte sich achtzehn Jahre zuvor als Chirurg und Durchgangsarzt an der Ostsee selbständig gemacht. Seine Familie, Frau mit drei Kindern, hatte er nach einem Jahr aus dem Münsterland an die Ostseeküste nachgeholt. Das Haus im Münsterland wurde damals verkauft und ein gebrauchtes Haus als neues Familiendomizil gekauft. Feller und seine Familie hatten es nicht immer leicht. Die Praxis forderte den Arzt voll und ganz. Frau Feller hatte ihre Beamtenposition als Studienrätin im Münsterland aufgegeben, konnte aber in Schleswig-Holstein keine neue Stelle an einer Schule bekommen. Dann kam die Krebsdiagnose, nach zehn Jahren die Insolvenz und noch in der Insolvenzphase verstarb Frau

Feller. Das Haus kam auch unter den Hammer und Feller bezog eine kleine Wohnung in einem heruntergekommenen Haus in Bahnhofsnähe. Nach erfolgreicher Beendigung der Insolvenz bezogen Feller und Vroni dann gemeinsam eine größere Wohnung in einer ruhigeren Wohngegend.

Es war Montagnachmittag und Feller betrat das Büro von Hauptkommissar Hansen.

„Kennen Sie die Tote?"

„Natürlich, Frau Higgins aus Boston/Massachusetts, 55 Jahre alt."

„Wir haben bisher keinen Reisepass oder sonstigen Ausweis gefunden. Wie kam sie zu Ihnen?"

„Sie hatte einen Unfall, war vor einer Woche, also am letzten Montag, auf der Bahnhofstreppe ausgerutscht und auf die Hand gefallen. Danach suchte sie zuerst ihr Hotel auf, das Residenz-Hotel, dann kam sie direkt zu mir. Sie hatte sich eine Handgelenkfraktur, Typ Colles, zugefügt und musste operiert werden. Die Operation habe ich in meinem OP am letzten Dienstag durchgeführt. Das Ergebnis war gut, die letzte Kontrolluntersuchung fand vor drei Tagen, am letzten Freitag, statt. Sie sollte sich am nächsten Freitag erneut bei mir vorstellen."

„Warum war Frau Higgins in Deutschland?"

„Genau weiß ich das nicht. Sie sagte mir, sie sei geschäftlich für einen großen US-Konzern unterwegs."

„Frau Higgins verstarb vor zwei Tagen, am letzten Samstag, in Ihrer Praxis. Warum war sie dort?"

„Das weiß ich nicht. Ich kann es mir nicht erklären."

„Sind Sie schon einmal in den USA gewesen?"

„Ja, zweimal. 1976 bin ich mit dem Rucksack sechs Wochen in den USA und Mexiko unterwegs gewesen. Ich habe damals auch meine Mutter in Baltimore/Maryland für ein paar Tage besucht. Ich hatte sie erst ein

Jahr zuvor in Deutschland durch Vermittlung meines Vaters kennen gelernt als meine Mutter durch Deutschland gereist war.

Vor achtzehn Jahren hatte ich dann noch meine Tochter in Missouri besucht. Sie ist damals für ein Jahr als Austauschschülerin in Amerika gewesen."

„Der Rechtsmediziner hat die Einstichstelle einer Kanüle am linken Oberarm festgestellt. Unter dem Röntgentisch lag eine leere Spritze mit aufgesteckter Kanüle."

Das saß. Feller wurde bleich und konnte zunächst nichts mehr sagen. Dass auf der Spritze Fingerabdrücke gesichert werden konnten behielt der Hauptkommissar noch für sich.

„Ich kann mir das nicht erklären." sagte Feller. „Ich möchte jetzt nach Hause fahren."

„Ist gut, aber Sie halten sich zu unserer Verfügung."

Hauptkommissar Hansen bat danach Frau Veronika Gelis in sein Büro. Vroni berichtete, dass sie immer zusammen mit dem Doktor zur Praxis gefahren war. Sie beschrieb die Tote als eine freundliche, schlanke, gepflegte und gut gekleidete Person. Frau Higgins sprach nur Englisch, was für Frau Gelis aber kein Problem war. Weitere Hinweise konnte sie nicht geben.

Frau Oberkommissarin Müller, die Assistentin des Kommissars, suchte das Residenz-Hotel auf. Man bestätigte ihr, dass Frau Higgins als Gast des Hotels dort seit vorletztem Mittwoch gewohnt hatte. Man konnte der Kommissarin auch den Reisepass der Toten, ausgestellt auf Mary Higgins, aushändigen. Zuletzt gesehen hatte man Frau Higgins, als sie am Samstagmorgen überstürzt das Hotel verlassen hatte. Frau Müller suchte mit den Mitarbeitern der Spusi das Hotelzimmer der Toten auf. Es zeigte sich vollständig durchwühlt. Außer etwas Bargeld,

Modeschmuck, aber hochwertigen Kleidungsstücken fand man noch die Handtasche des Opfers sowie zwei benutzte Weingläser. Später versiegelte die Spusi das Hotelzimmer.

Am späten Montagnachmittag kontaktierte Frau Müller die amerikanischen Kollegen in Boston und bat um Unterstützung. Man würde sich am nächsten Tag wieder melden.

Dann, am Dienstag, meldeten sich die Amerikaner zurück. Es gebe in Boston zwölf Frauen mit dem Namen Mary Higgins. Davon seien nur drei im Alter der Toten. Eine Mary Higgins befinde sich im Gefängnis, eine in einer psychiatrischen Anstalt und eine sei an ihrer Arbeitsstelle angetroffen worden. Keine passte zu dem Bild im Reisepass der Toten. Die übersandten Fingerabdrücke würden aber zu einer anderen Person passen, einer Mary Bradshaw aus Baltimore. Sie habe noch einen Bruder, George. Mary Bradshaw sei im System weil sie einmal in einen Verkehrsunfall mit Todesfolge verwickelt war. Man müsse noch herausfinden, wann Frau Bradshaw den Flieger nach Europa betreten habe.

Am Dienstagnachmittag bat Doktor Faust die Kommissare in die Rechtsmedizin. Die Obduktion hatte schon stattgefunden und die Spusi hatte die Spritze weiter untersucht.

„Die Tote war körperlich gesund. Ich habe ja schon gestern an der linken Schulter eine kleine Einstichwunde gefunden, hätte ich fast übersehen. Die Spusi hat Reste von unverdünntem Adrenalin in der Spritze gefunden. Das passt zum Sektionsbefund. Das Adrenalin ist nach dieser Zeit aber nicht mehr im Blut nachweisbar gewesen. Frau Bradshaw ist dadurch an Herzversagen gestorben. Wir haben auch Hämatome am Hals und an beiden Oberarmen gefunden. Offenbar ist Frau Bradshaw mit festem Griff gehalten worden als man ihr die tödliche Spritze verabreicht hatte. Es muss einen Kampf gegeben haben.

Am Mittwochmorgen saßen Doktor Feller und Hauptkommissar Hansen im Vernehmungszimmer der Mordkommission.

„Kannten Sie die Tote wirklich nicht?"

„Nein."

„Wir haben keinen Hinweis darauf gefunden, dass Frau Higgins geschäftlich in Deutschland unterwegs gewesen ist."

Hansen erwähnte zu diesem Zeitpunkt bewusst noch nicht den wahren Namen der Verstorbenen.

„Dazu kann ich nichts sagen."

„Die Spurensicherung hat in Frau Higgins Hotelzimmer zwei Weingläser mit einer fast leeren Flasche teuren Rotweins gefunden. Die Fingerabdrücke auf dem einen Glas sind eindeutig Frau Higgins zuzuordnen. Die Abdrücke auf dem zweiten Glas konnten wir noch nicht zuordnen. In diesem Zusammenhang, wir benötigen noch die Fingerabdrücke von Ihnen und Frau Gelis. Die Abdrücke der anderen Mitarbeiter Ihrer Praxis haben wir schon. Melden Sie sich bitte nachher noch mit Ihrer Partnerin bei der Kriminaltechnik."

Dann konnte Feller wieder gehen.

Karl Kurz, der Leiter der Kriminaltechnik, intern nur ´Doppel-K´ gerufen, suchte die Kommissare Hansen und Müller auf.

„Wir haben die Untersuchung der Praxis und des Hotelzimmers abgeschlossen. Wir haben das Hotelzimmer aber wieder versiegelt. Die Abdrücke auf dem zweiten Weinglas passen, wie schon bekannt, nicht zu Doktor Feller oder Veronika Gelis. Wir haben aber in der Handtasche der Verstorbenen einen Brief gefunden. Dieser stammt von der Anwaltskanzlei Heinevetter hier in der Stadt und ist vor vier Wochen nach Baltimore verschickt worden. Frau Bradshaw wurde gebeten, sie möge sich in einer wichtigen familiären Angelegenheit melden. Der Pass der Verstorbenen auf den Namen Higgins ist eindeutig eine Fälschung. Wir haben aber noch einen zweiten Pass gefunden, ausgestellt auf den Namen Mary Bradshaw, und dieser Pass ist echt. Dazu fanden wir eine Kreditkarte, ebenfalls ausgestellt auf den Namen Mary Bradshaw. Die Karten-Buchungen konnten wir noch nicht nachvollziehen. Dann fanden wir noch das Handy der Toten. Hier ist aufgefallen, dass Frau Bradshaw am letzten Samstagmorgen um acht Uhr eine durchaus interessante Sprachnachricht erhalten hatte. Das Portemonnaie enthielt neben der Kreditkarte noch etwa zweihundert Euro und fünfhundert Dollar."

Es war Mittwochnachmittag als ein Fax des FBI im Kommissariat eintraf. Frau OK Müller informierte HK Hansen. „Sieh mal, Hansen, Frau Bradshaw war am Dienstag vor ihrer OP, also vor jetzt fünfzehn Tagen, mit dem Flugzeug mit Zwischenlandung in Paris in Hamburg eingetroffen. Ihr Bruder George traf genau achtundvierzig Stunden später in Hamburg ein, also genau vor dreizehn Tagen. Gegen Mary lag nichts vor, gegen George allerdings ein Haftbefehl. Das Verfahren gegen Mary Bradshaw wegen des Unfalls ist damals eingestellt worden."

Am Donnerstagmorgen suchten die Kommissare mit einer richterlichen Verfügung die Anwaltskanzlei Heinevetter auf. Der Anwalt, Hansen schätzte ihn auf etwa sechzig Jahre, untersetzt, schütteres Haar, aber vornehm wirkend, begrüßte die Beamten.
„Wir haben Grund zur Annahme, dass Sie eine gewisse Frau Mary Bradshaw vor etwa zwei Wochen aufgesucht hat. Können Sie uns sagen, was der Grund für Frau Bradshaws Besuch gewesen ist?"
Der Anwalt las die richterliche Verfügung durch. Damit war er von der anwaltlichen Schweigepflicht entbunden.

11

„Ich hatte vor einigen Wochen Besuch von Doktor Feller. Herr Feller legte mir den Bericht eines Privatdetektivs vor. Dieser ist von Doktor Feller beauftragt worden, eine gewisse Mary Bradshaw und ihren Bruder George Bradshaw zu suchen. Er kenne die Beiden flüchtig und sei ihnen in Baltimore vor vielen Jahren einmal begegnet. Er sei damals noch Student gewesen und sei ihr in dieser Zeit während eines USA-Aufenthaltes begegnet. Der Detektiv habe herausgefunden, dass Mary immer noch in Baltimore lebe und einen Bruder habe, George. Den Aufenthaltsort des Bruders habe er nicht herausfinden können. Die Mutter der beiden ist vor zwanzig Jahren verstorben. Sie stammte ursprünglich aus Deutschland, ist aber in den Fünfzigern nach Amerika ausgewandert. Ich habe dann in Fellers Auftrag Mary Bradshaw geschrieben. Ich sollte ihr mitteilen, dass sie in einer familiären Angelegenheit dringend nach Deutschland kommen solle. Den Grund dafür hatte Doktor Feller mir nicht mitgeteilt."

„Hat Frau Bradshaw Sie danach aufgesucht?"

„Ja, vor vierzehn Tage suchte sie mich in meiner Kanzlei auf, übrigens eine reizende Person. Sie war verheiratet, hatte nach der Scheidung aber wieder ihren Mädchennamen angenommen."

„Hat ein George Bradshaw Sie jemals aufgesucht?"

„Nein."

„Was haben Sie Frau Bradshaw mitgeteilt?"

„Nur, dass sie Doktor Feller aufsuchen sollte."

„Das war wirklich alles? Was war mit der familiären Angelegenheit?"

„Einzelheiten sind mir nicht bekannt."

Die Kommissare bedankten sich und fuhren zurück ins Kommissariat.

„Was ist da los gewesen, Hansen?"

„Seltsam, dass Frau Bradshaw einfach so, ohne über nähere Informationen zu verfügen, nach Deutschland fliegt. Wir müssen unbedingt Feller noch einmal befragen und auch Frau Gelis, seine Partnerin."

12

Im Hause Feller/Gelis war die Stimmung ziemlich getrübt.

„Lass uns etwas Essen gehen, Vroni. Ich muss jetzt mal auf andere Gedanken kommen."

„Gut, dann gehen wir in unser Stammlokal, den Blitzableiter."

Veronika machte sich noch etwas chic, Feller zog sich nur sein abgewetztes Jacket an und dann machten sie sich zu Fuß auf den Weg. Der Wirt begrüßte seine beiden Stammgäste ungewohnt kühl und wies ihnen einen Tisch in einer etwas abgelegenen Ecke des Lokals zu. Täuschten sie sich oder zogen sie wirklich alle Blicke auf sich. In einer kleinen Stadt an der Ostsee macht so ein Mordfall natürlich gleich die Runde. Die Lokalzeitung berichtete bereits am Dienstag über den Mordfall, natürlich ohne Nennung von Namen. Aber jeder in der Stadt dürfte mittlerweile mitbekommen haben um welche Praxis es sich handelt.

„Sag mir, Feller, hast Du etwas mit dem Mord zu tun?"

Vroni hatte es sich angewöhnt, ihren Partner immer nur mit ´Feller´ anzusprechen während er seine Gefährtin immer mit ´Vroni´ anrief.

„Nein, ich schwöre es Dir."

Feller fühlte sich sichtlich unwohl.

„Lass uns etwas Billard spielen, das lenkt uns vielleicht ab, Vroni."

„Ist gut. Aber ich sag es gleich, ich werde Dich schlagen, wirst schon sehen."

„Schaun mer mal."

Feller hatte sich angewöhnt, hin und wieder bayerische Wörter und Redewendungen zu benutzen. Er hatte wohl zu viele bayerische Krimis gesehen.

Am nächsten Morgen klingelte Fellers Handy. Hansen war dran.

„Herr Doktor Feller, ich muss Sie bitten, mich heute noch im Kommissariat aufzusuchen. Wir haben da noch einige Fragen."

„Ist gut, wann soll ich da sein?"

„Um zehn", war die knappe Antwort.

Der letzte Abend im Blitzableiter ist länger geworden als geplant. Verschlafen richtete Feller sich auf und ging ins Bad um sich herzurichten. Pünktlich um Zehn Uhr betrat Feller das Kommissariat.

„Doktor Feller, meine Kollegin und ich befragen Sie jetzt noch als Zeugen, wenngleich es einige Verdachtsmomente gegen Sie gibt. Ich muss Sie darüber aufklären, dass Sie nichts aussagen müssen was Sie belasten könnte. Wenn Sie aussagen, dann müssen Sie aber die Wahrheit sagen. Haben Sie das verstanden?"

„Ja, habe ich. Aber unter diesen Umständen werde ich Ihre Fragen nur in Anwesenheit meines Anwalts beantworten."

Unter diesem Vorbehalt war Hansen gezwungen, die Befragung sofort abzubrechen.

„Ist gut. Dann sehen wir uns am nächsten Montag um acht hier im Kommissariat und Sie bringen Ihren Anwalt mit. Zu Ihrer Information und damit Sie sich schon einmal etwas vorbereiten können teile ich Ihnen mit, dass wir mit richterlicher Genehmigung Ihre Bankkonten überprüft haben. Uns ist aufgefallen, dass Sie vor vier Wochen zehntausend Euro auf eine US-Bank überwiesen haben, zugunsten einer Frau Mary Bradshaw."

Feller wurde mulmig zumute.

„Okay, ich komme am Montag um acht vorbei."

Feller verabschiedete sich, verlies das Polizeigebäude und sog die kühle Herbstluft tief ein. Viele Gedanken schwirrten durch seinen Kopf.

Feller hat es nie leicht gehabt in seinem Leben. Aufgewachsen im Ruhrgebiet bei seinem Vater und seiner Großmutter hatte er nie, anders als seine Schulkameraden, viel Geld gehabt. Vater, Onkel und Großmutter betrieben eine kleine Firma die nie viel Geld abwarf. Sein Vater war in Fellers Jugendzeit dem Alkohol verfallen und hatte sich erst sehr viel später mit seiner neuen Frau davon erholt. Nach dem Abitur war er unsicher, ob er genug Geld für ein Studium aufbringen könnte. Es gab zwar die Unterstützung durch das sogenannte BaFöG, aber ob das reichen würde war ungewiss. Er würde keine vollständige Förderung erhalten und von seinem Vater war nichts zu erwarten. Während seine Schulfreunde die Zeit zwischen Abitur und Studium oder Bundeswehr oder Ersatzdienst in vollen Zügen genossen entschloss Feller sich, vier Wochen im Bergwerk zu arbeiten, in eintausend Meter Tiefe, in seiner Heimatstadt im Ruhrgebiet. Feller bewarb sich um einen Medizinstudienplatz und bekam ihn auch zugewiesen. Dann schaffte Feller es, eine sogenannte Begabtenförderung eines kirchlichen Studienwerks zu ergattern. So war er seine finanziellen Sorgen erst einmal los. Die Wehrpflicht bei der Bundeswehr konnte er so auf die Zeit nach dem Studium verschieben und sogleich mit dem Studium beginnen. Dennoch arbeitete Feller gelegentlich neben dem Studium, um sich auch mal einige Sonderwünsche erfüllen zu können, sei es an der Tankstelle, im Getränkemarkt, als Warenzusteller oder auf der nächtlichen Intensivstation der Uni.

Es war Samstagmorgen. Feller und Vroni hatten schlecht geschlafen und starrten nach dem Aufwachen ungläubig an die Decke des Schlafzimmers.
„Was passiert hier, Feller?"
Feller zuckte nur mit den Schultern.
Vor einer Woche war die Welt noch in Ordnung. Feller hatte eine gut laufende und allseits anerkannte Praxis, hatte keine Sorgen mehr und freute sich auf seinen nahenden Ruhestand. Seine Insolvenz ist vor einiger Zeit erfolgreich abgeschlossen worden. Dass eine Frau ermordet in seiner Praxis aufgefunden wurde war nun wirklich etwas sehr ungewöhnlich und auch verdächtig. Sicher, es hatte schon andere aufregende Zwischenfälle gegeben. Einmal war ein Patient auf der Röntgenliege einfach eingeschlafen nachdem Vroni den Raum verlassen hatte um die Aufnahmen zu entwickeln. Einmal kam Feller in

das Behandlungszimmer, um die nächste Patientin zu behandeln, als er diese bewusstlos auffand und reanimieren musste. Ein anderes mal kam sein Anästhesist verspätet zu einer geplanten Operation weil er auf dem Weg zur Praxis einen Mann nach einem Verkehrsunfall gerettet hatte der sich ebenfalls auf dem Weg zu Fellers Praxis befunden hatte. Vroni wurde auch einmal von einem aggressiven Patienten körperlich angegriffen. Aber diese Leiche war wohl doch der Super-Gau. Am Vortag hatte Feller seine Mitarbeiterinnen und den Auszubildenden angerufen um ihnen mitzuteilen, dass sie zunächst auf unbestimmte Zeit beurlaubt sind. An eine Weiterführung seiner Praxis in nächster Zeit war wohl nicht zu denken.

Sie waren gerade beim Frühstück als Fellers Handy klingelte.
„Feller, was muss ich hören, was hast Du getan, was ist los?"
Es war Jan, der Fraktionsvorsitzende seiner Partei. Feller hatte sich für eine allseits unbeliebte und angefeindete Partei im Wahlkampf aufstellen lassen und war überraschend in den Stadtrat gewählt worden.
„Hör zu Feller. Bei mir klingelt andauernd das Telefon. Offiziell ist ja nichts bekannt aber die Spatzen pfeifen es von den Dächern, dass da was Schlimmes in Deiner Praxis passiert ist. Ich schlage vor, nein ich bitte Dich ausdrücklich, jetzt erst einmal alle Ämter ruhen zu lassen. Es wird sich sicher alles aufklären und dann sehen wir weiter. Ich für meine Person kann mir aber nicht vorstellen, dass Du etwas Strafbares getan hast."
„Ja ist gut. Verfasse eine entsprechende Pressemitteilung. Mir ist mittlerweile sowieso alles egal. Tschüss."
Feller war vor ein paar Jahren in diese politisch umstrittene Partei eingetreten. Das ist nicht ohne persönliche Konsequenzen geblieben. Seine Kinder haben jeden Kontakt zu ihm abgebrochen, vielleicht auch weil er nach dem Tod seiner Frau eine andere Frau gefunden hatte, eben Vroni. Aus dem Kirchenkreis in dem er tätig war und der ihm eine

willkommene Abwechslung zum täglichen Einerlei war ist er rausgeflogen. Als Konsequenz war er dann aus der Kirche ausgetreten.

„Weißt du was, Vroni. Wir müssen uns ablenken. Lass uns etwas spazieren gehen."
„Ja, gute Idee. Wir fahren zum Strand und wandern dann am Brodtener Ufer entlang. Mal sehen, ob die letzten Herbststürme wieder neue Abbrüche an der Kliffkante verursacht haben."
So verbrachten die Beiden einen schönen Herbsttag an der Ostsee.

Es war Sonntagmorgen. Das Smartphone klingelte mit unterdrückter Nummer und Feller nahm den Ruf an.
„You Bastard. What have you done. I will kill you."
Dann brach der Anruf ab. Feller kannte die Stimme nicht. Vom Akzent her schien sie einem Amerikaner zu gehören. Feller war aufgewühlt. Später am Abend konnte er nicht einschlafen. Er stand wieder auf und beschloss, noch eine Runde *'um den Block'* zu gehen, wie er es immer nannte.
Täuschte er sich oder wurde er wirklich verfolgt. Mehrmals drehte Feller sich um, konnte aber Niemanden sehen. Oder spielte ihm seine Psyche schon einen Streit.

Am nächsten Morgen saß Feller mit seinem Anwalt Heinevetter pünktlich um acht Uhr im Büro des Hauptkommissars.
„Danke, dass Sie gekommen sind, Doktor Feller. Wir haben noch einige Fragen."
„Selbstverständlich" entgegnete Feller.
„Warum haben Sie den Privatdetektiv beauftragt?"

„Ich wollte meine Halbgeschwister, Mary und George, finden. Ich hatte sie 1976 in Baltimore getroffen, zum ersten mal in meinem Leben. Danach hatte ich den Kontakt verloren. Ich wollte sie wiedersehen."

„Haben Sie nicht geahnt, dass Frau Higgins in Wirklichkeit Ihre Halbschwester Mary ist?"

„Nein, habe ich nicht. Aber jetzt bin ich doch sehr überrascht."

„Und warum haben Sie ihr zehntausend Euro überwiesen?"

„Damit sie die Reise finanzieren kann."

„Was sollte das mit der ´Familienangelegenheit´?"

„Dazu kann ich Ihnen nichts sagen."

„Wir haben in der Internistischen Nachbarpraxis Einbruchspuren sichern können. Ein Fenster wurde aufgebrochen. Sie haben uns verschwiegen, dass es eine Verbindungstür zwischen den beiden Praxen gibt."

Das stimmt, die ist aber immer verschlossen."

„Sie war aber nicht verschlossen."

„Das kann ich mir nicht erklären. Gestern habe ich einen Anruf bekommen. Ein Mann mit amerikanischem Akzent hat mich bedroht, ´I will kill you´ hatte er gesagt. Ich weiß nicht, wer der Anrufer war."

„Gut, das werden wir überprüfen. Wir haben auch das Smartphone der Toten überprüft. Von einer unbekannten, nicht registrierten Nummer hatte Frau Higgins, also Frau Bradshaw, am Samstag vor einer Woche eine Sprachnachricht erhalten, in reinstem Englisch. Sie solle unverzüglich die Praxis aufsuchen."

Feller wurde bleich.

„Als Student sind sie doch als Rucksacktourist in den Staaten gewesen. Dort haben Sie doch auch Ihre Mutter mit deren Kindern, also Ihre Halbgeschwister besucht. Ihre Halbschwester heißt doch Mary Bradshaw? Es ist die Tote. Sie wurde mit einer Spritze in den Oberarm getötet. Sie stehen unter Mordverdacht."

Heinevetter riet Feller, von nun an bis auf weiteres die Aussage zu verweigern.

„Ich weiß nicht, warum Sie es getan haben, aber ich werde es herausfinden. Sie sind weiter verdächtig, auch wenn ihre

Fingerabdrücke nicht mit dem Abdruck auf der Adrenalin-Spritze übereinstimmen. Irgendwie hängen Sie mit drin. Sie bleiben bei uns und werden morgen dem Haftrichter vorgeführt. Der wird dann entscheiden, ob Flucht- oder Verdunkelungsgefahr besteht. Ich nehme an, er wird Untersuchungshaft anordnen."
Feller wurde abgeführt.

Krachend schloss sich die Türe der Gefängniszelle hinter Feller. Er setzte sich auf die Pritsche. Gürtel und Schuhbänder sind ihm vorher abgenommen worden. ´Was passiert hier eigentlich?´ fragte er sich. Er hatte keine Erklärung, oder doch? Schließlich hatte er ja den Privatdetektiv beauftragt.

Hansen hatte den Privatdetektiv einbestellt. Am Dienstag befragten die Kommissare Hansen und Müller Herrn Knust, so sein Name.
„Doktor Feller hatte Sie beauftragt, Erkundigungen einzuholen. Worum ging es dabei?"
„Ich sollte den Aufenthaltsort von Mary und George Bradshaw herausfinden. Das war nicht einfach und hat viel Zeit in Anspruch genommen. Ich konnte aber nur Mary Bradshaw ausfindig machen. Die Rechnung war entsprechend hoch. Doktor Feller hat die Kosten aber sogleich per Banküberweisung erstattet."
„Hat Feller Ihnen verraten, warum Sie die Beiden finden sollten?"
„Nein, das hat er nicht gesagt."
„Dann danke ich Ihnen für die Auskunft. Sie können dann wieder gehen."
Hansen wandte sich seiner Kollegin zu.
„Herrschaftszeiten, was ist das nur?"
Müller zuckte nur mit den Schultern.

BEKANNTER CHIRURG VERHAFTET

Am Dienstag kam dann die Lokalzeitung mit dieser Schlagzeile als Aufmacher auf der Titelseite heraus.

-Wie wir aus sicherer Quelle erfahren haben wurde gestern der bekannte Chirurg F. wegen des Verdachts auf ein Tötungsdelikt verhaftet. Das Opfer soll amerikanische Staatsbürgerin sein und mit dem Verhafteten verwandt sein. Nähere Angaben werden aus ermittlungstaktischen Gründen noch nicht genannt.-

Am selben Tag ordnete der Haftrichter Untersuchungshaft an.

Jeweils sechs Beamte suchten Fellers Praxis und Privaträume auf. Massenhaft wurden Aktenordner sowie alle PCs und Datenträger mitgenommen. Der untersuchende Staatsanwalt, Doktor Schneller, beantragte einen Beschluss zur Einsichtnahme und gegebenenfalls Mitnahme aller Kontoauszüge und Steuerunterlagen bei Fellers Bank und seinem Steuerberater. Dem wurde auf dem kurzen Dienstweg auch sogleich entsprochen.

Mittlerweile wurde es Dienstagabend. Hansen gähnte und freute sich schon auf seinen Feierabend. Da kam kurz vor Dienstschluss noch Fonsi von der Spurensicherung vorbei.

„Moin Hansen. Wir waren noch einmal in der Praxis. Dort haben wir in einem Abfalleimer eine leere Adrenalin-Ampulle mit einem Fingerabdruck gefunden den wir aber noch nicht zuordnen können, der Abdruck war sehr verschmiert. Weiter fanden wir nichts. Die Praxis macht einen sauberen, aufgeräumten Eindruck, wurde wohl am

Freitag nach dem Ende der Sprechzeit gereinigt. Dann konnten wir noch Fingerabdrücke vom Einbruch in der Nachbarpraxis sichern. Sie entsprechen den Abdrücken am zweiten Weinglas. Die haben wir, wie schon gesagt, nicht in unserem System. Die stimmen auch mit den Abdrücken auf der leeren Spritze überein. Wir geben sie an Interpol und ans FBI weiter. Wer immer auch Mary Bradshaw getötet hat, der hat sich auch vorher mit ihr im Hotel getroffen. "

„Ist gut, Fonsi. Wünsche noch einen schönen Feierabend."

Am nächsten Morgen meldete sich Karl Kurz von der Kriminaltechnik. „Moin Hansen. Wir haben mal die Konten von unserem Doktor untersucht. Vor drei Wochen, also an dem Tag, als Mary Bradshaw im Residenz-Hotel eigecheckt hat, hatte Feller vierzigtausend Euro von seinem Geschäftskonto abgehoben. Das Konto war damit tief im Dispo, sein Privatkonto sowieso. Das Geld haben wir aber nirgendwo gefunden, weder im Hotel, noch bei der Toten. Außerdem haben wir eine hohe Geldüberweisung an den Privatdetektiv gefunden."

„Merkwürdig. Na gut. Ach übrigens. Ihr seid mit dem Hotelzimmer ja durch. Ich denke wir können das Hotelzimmer wieder freigeben. Der Hoteldirektor sitzt mir schon im Nacken."

„Geht klar."

„Wir müssen den Doktor noch einmal befragen."

„Doktor Feller. Wir befragen Sie heute als Verdächtigen. Sie müssen nichts sagen was Sie belasten kann. Wenn Sie sich äußern, dann müssen Sie allerdings die Wahrheit sagen. Haben Sie das verstanden?"

„Natürlich Herr Kommissar."

„Gut. Hören Sie, Doktor Feller. Wir wissen, dass Sie vierzigtausend Euro bar abgehoben haben. Was hatten Sie mit dem Geld vor? Wir

konnten es nirgendwo finden. Außerdem haben Sie zehntausend Euro an Frau Mary Bradshaw überwiesen."
Jetzt antwortete der Fellers Anwalt.
„Mein Mandant wird sich dazu nicht äußern. Haben Sie weitere Fragen?"
„Wussten Sie, Doktor Feller, dass die Ermordete Ihre Halbschwester ist?"
„Jetzt ja, vorher nein."
„Warum haben Sie den Privatdetektiv beauftragt?"
„Kein Kommentar."
„Wussten Sie, dass sich Ihr Halbbruder, George, auch in Deutschland aufhält, womöglich in unserer Stadt?"
„Kein Kommentar."
„Wirklich kooperativ sind Sie ja nicht. Na gut, dann zurück in Ihre Zelle."

„Was ist denn draußen los, Schäfer? Was soll der Krach?"
Die Kommissare traten ans Fenster. Etwa hundert Personen standen vor dem Kommissariat mit Plakaten und Trillerpfeifen. ´Freiheit für unseren Doktor. Politikskandal.´ stand auf einigen Plakaten.
Von der anderen Seite näherten sich etwa vierzig Personen, zum Teil vermummt, und skandierten ´Schließt den Doktor weg, Verbrecher, Mörder. Raus aus der Stadtvertretung.´ Vereinzelt flogen Sylvester-Raketen, auch einige Pflastersteine. Pyrofeuer wurden entzündet. Es dauerte nicht lange, dann trafen Kameraleute des regionalen Rundfunks ein. Die Stimmung war offensichtlich aufgeheizt, aber eine eilig herbeigerufene Einheit der Bereitschaftspolizei wurde schnell Herr der Situation. Die Menge beruhigte sich und die Demonstranten beider Seiten zogen nach und nach ab.
„Ich glaube das nicht, Schäfer."

Am nächsten Tag, einem Donnerstag, suchte Doppel-K die Kommissare noch einmal auf.

„Es gibt keine neuen Erkenntnisse. Wir konnten zwar, wie schon gesagt, die Fingerabrücke auf dem zweiten Weinglas im Hotelzimmer den Abdrücken am aufgebrochenen Fenster und jetzt auch der Adrenalin-Ampulle zweifelsfrei zuordnen. Interpol und das FBI haben sich aber noch nicht gemeldet."

„Ich habe noch kein klares Bild. Schickt mir doch Feller noch einmal zur Vernehmung."

„Okay, ich veranlasse das." Sagte OK Schäfer.

„Feller muss gleich sowieso zum Haftprüfungstermin."

Am Nachmittag wurde Feller unter Bewachung von zwei Polizisten zum Kommissariat gebracht. Als Feller gerade den Polizeibus verlassen hatte gab es einen Schuss und Feller fiel verletzt zu Boden. Sofort stürzten mehrere Polizisten mit gezogenen Waffen zum Polizeibus und schirmten Feller ab. Woher der Schuss genau kam war zunächst unklar. Der umgehend gerufene Notarzt war schnell zur Stelle. Feller lebte, hatte aber einen Bauchschuss erhalten. Zwanzig Minuten später lag er schon im OP der Uni-Klinik.

--

Die herbeigerufene Spurensicherung konnte das Projektil nicht finden. Es musste sich noch in Fellers Körper befinden. Aufgrund der ungefähren Richtung, aus der der Schuss abgegeben wurde, nahmen sich die Techniker der Spusi zunächst drei umliegende Hochhäuser vor. Auf einem Dach fanden sie eine Patronenhülse. Sie passte zu einem Maschinengewehr. Außer einem Zigarettenstummel fanden sie keine weiteren Spuren.

Fünf Stunden später klingelte Hansens Smartphone, Anruf aus der Klinik.

„Hier Chefarzt Doktor Mann. Doktor Feller hat den Eingriff relativ gut überstanden. Wir mussten einen Teil seines Dickdarms und Dünndarms entfernen. Das Projektil wurde vom zweiten Lendenwirbel gestoppt, die Aorta wurde knapp verfehlt. Feller hat viel Blut verloren, hatte aber Glück, Lähmungen sind nicht zu erwarten. Er ist aber noch nicht über dem Berg. Zurzeit liegt er im künstlichen Koma. Wir mussten ihm einen künstlichen Darmausgang anlegen. Der kann später wieder zurückverlagert werden. Ich kann noch nicht abschätzen, wann wir ihn von der Beatmung nehmen können. Rufen Sie morgen bitte noch einmal an. Ach ja, das Projektil kann von Ihren Leuten abgeholt werden.“

„Danke Professor. Mit Ihrer Erlaubnis setze ich zwei Beamten vor das Krankenzimmer.“

„Selbstverständlich.“

„Das ist doch der Hammer, Müller. Ich fasse es nicht. Warten wir mal ab, was uns die KTU zum Projektil sagen kann.“

Am nächsten Tag erschien Doppel-K. „Ist Hansen da? Ach da sitzt er ja. Hansen, wir haben gestern noch das Projektil bekommen. Es passt zu einem Gewehr, mit dem vor zwei Jahren eine Bank in Düsseldorf überfallen wurde. Damals verstarb der Filialleiter an einer Schusswunde. Es wurden fast fünfzigtausend Euro erbeutet. Der Verbleib der Beute ist bis heute ungeklärt. Mit derselben Waffe wurde vor drei Jahren ein Zahnarzt in Stuttgart ermordet. Die Kollegen in Stuttgart gehen von einem Auftragsmord aus.“

24

„Danke Karl. Hm, Auftragsmord. Und jetzt liegt ein Arzt angeschossen in der Klinik. Irgendetwas sagt mir, dass da ein Zusammenhang besteht, bestehen muss, Müllerin. Da wird noch so einiges an Arbeit auf uns zu kommen. Erkundigen Sie sich bei den Autovermietern in der Umgebung, ob vielleicht ein Mann mit amerikanischem Akzent ein Auto gemietet hat. Ich habe da so ein Gefühl. "

Oberkommissarin Müller machte sich sogleich an die Arbeit. Beim sechsten Autovermieter hatte sie Erfolg.
„Ein Mann mit allerdings osteuropäischem Akzent hatte einen Mittelklassewagen gemietet. Er hat den Wagen noch nicht zurückgebracht. Die Autovermietung hat Anzeige wegen des Verdachts des Autodiebstahls erstattet. Der Mann hatte bar bezahlt. Der Vermieter hatte den Reisepass kopiert. Die Kollegen vom Betrug sagen aber, dass der Pass mit Sicherheit eine Fälschung ist."

Staatsanwalt Doktor Schneller suchte am Montag die Kommissare auf.
„Gibt es neue Erkenntnisse?"
„Bis jetzt leider nicht."
„Na gut, dann machen Sie weiter. Irgendetwas ist faul an der Sache."
„Ja, sehe auch so. Ich verstehe das Ganze noch nicht. Wo liegt das Mordmotiv?" entgegnete Hasen frustriert. „Wir müssen den Attentäter finden. Und wer hat Mary Bradshaw im Hotel aufgesucht?".

25

Nachmittag, Doppel-K wiederum im Kommissariat.

„Wir haben Fellers privaten Laptop untersucht, war Passwort gesichert, haben wir aber hinbekommen. Feller hatte wohl seine gesamte private Korrespondenz auf dem Laptop. Einige Dateien sind gelöscht gewesen, konnten wir aber wiederherstellen. Es handelt sich ausnahmslos um ärztliche Befunde Feller betreffend. Feller ist krebskrank, kleinzelliges Bronchialkarzinom, schlechte Prognose. Und ja. Die männliche DNA, die wir am zweiten Weinglas gesichert haben, stimmt nicht mit der DNA am Zigarettenstummel vom Hochhausdach überein. Die DNA vom Weinglas ist nicht im System, die vom Zigarettenstummel gehört zu einem Ivo Franek, einem international gesuchten Auftragsmörder.

Hansen rief sofort Chefarzt Dr. Mann in der Klinik an. „Herr Professor, wir haben ärztliche Befunde auf Fellers Laptop gefunden. Es schein sehr krank zu sein."

„Das ist richtig. Sein Röntgenbild der Lunge sieht fürchterlich aus, passt zu einem Bronchialkarzinom."

„Wie ist die Prognose?"

„Maximal ein Jahr. Ach ja, Feller ist erstmal über dem Berg, liegt auf der Intensivstation und kann jetzt befragt werden."

„Vielen Dank Herr Professor." Feller legte auf.

„Frau Müller. Wir müssen unbedingt mit Frau Gelis, der Lebensgefährtin, sprechen. Sie soll bitte vorbeikommen."

Zwei Stunden später saß Veronika Gelis im Kommissariat.

„Wussten Sie, dass Doktor Feller sehr krank ist, Frau Gelis?"

„Nein, was hat er denn?"

„Krebs mit schlechter Prognose."

„Das kann nicht sein. Er ist doch so stark. Das hätte ich doch bemerkt. Nein, das glaube ich nicht. Er ist doch regelmäßig mit seinem Rennrad unterwegs gewesen."

„So ist es aber."

„Sicher, er hat in letzter Zeit häufig gehustet und wirkte morgens oft etwas unausgeschlafen. Aber Krebs?"

„Hat Doktor Feller ein Testament gemacht?"

„Ja, vor einigen Jahren, nachdem wir zusammengekommen sind. Er hatte mich als Alleinerbin eingesetzt. Aber das hat er doch nur gemacht, weil er von seinen Kindern so enttäuscht wurde. Sie sollten nichts von ihm bekommen."

Verwirrt verlies Veronika Gelis das Kommissariat.

Am nächsten Nachmittag meldete sich Doppel-K von der Spurensicherung bei Hansen und Schäfer.

„Moin Hansen. Das könnte Dich interessieren. In der letzten Nacht ist eine Limousine bei Breitenfelde verunfallt. Der Wagen war nicht mehr fahrbereit, der Fahrer ist verschwunden. Wir haben Blutspuren gefunden. Die Fingerabdrücke passen zu einem Ivo Franek, dem mutmaßlichen Auftragsmörder, und sie stimmen nicht mit den Abdrücken auf der Spritze in Fellers Praxis und einem der Rotweingläser im Hotel überein. Franeks Abdrücke sind im System. Wir kennen jetzt immer noch nicht den Mörder von Frau Bradshaw. Franek ist offenbar hinter Feller her, das beweisen das Projektil aus Fellers Körper und die DNA am Zigarettenstummel vom Hochhausdach. Franek muss verletzt sein. Und es ist der Wagen aus der Autovermietung."

„Danke Karl."

„Frau Müller, Feller wird angeschossen, Franek ist verletzt und auf der Flucht, Frau Bradshaw tot und wo ist George Bradshaw? Auf jeden Fall müssen wir Feller weiter bewachen lassen, zu seinem Schutz. Er könnte selbst in Gefahr sein."

Vierzehn Tage sind seit dem Anschlag auf Doktor Feller vergangen. Professor Mann hatte Hansen informiert, dass Feller aus dem Krankenhaus entlassen werden kann.

„Der Anwalt Heinevetter hat einen Haftprüfungstermin beantragt, Schäfer. Der wird morgen um elf stattfinden."

Am nächsten Tag trafen sich Staatsanwalt Doktor Schneller, Untersuchungsrichter Doktor Kleinhans, Kommissar Hansen, Doktor Feller und der Anwalt Heinevetter zur Haftprüfung in den Räumen der Staatsanwaltschaft.

„Doktor Kleinhans," begann Heinevetter, „es ist jetzt doch wohl sonnenklar, dass mein Mandant nicht Täter, sondern Opfer ist. Der Haftgrund besteht nicht weiter, Doktor Feller muss entlassen werden. Außerdem beantrage ich, dass Doktor Feller unter Polizeischutz gestellt wird."

Doktor Kleinhans stellte noch einige Fragen und entschied dann, dass die Haft aufgehoben wird.

„Ein Haftgrund besteht nicht mehr, es gibt aber noch viele offene Fragen, Doktor Feller. Sie können nach Hause gehen. Wir werden einen Streifenwagen vor Ihrer Wohnung postieren. Sie dürfen die Stadt nicht verlassen und müssen sich an jedem zweiten Tag bei der Polizeistation K2 melden, beginnend übermorgen. Meine Herren, ich bedanke mich und wünsche Ihnen noch einen schönen Tag." Damit war die Sitzung beendet.

Vier Wochen sind inzwischen nach dem Anschlag auf Doktor Feller vergangen. Feller wurde vor zwei Wochen, kurz vor der Haftprüfung, aus dem Krankenhaus entlassen.

„Vroni, ich kann nicht mehr. Lass mich die Praxis verkaufen. Du kennst doch meinen Kollegen Doktor Ozan. Ich habe mich gestern mit ihm zusammengesetzt. Er hat mich doch auch schon einmal vertreten. Er möchte meine Praxis gerne übernehmen. Einen entsprechenden Antrag haben wir bei der Kassenärztlichen Vereinigung schon gestellt.

Natürlich dürfen sich auch andere Kollegen um den Praxissitz bewerben. Ozan wird aber gute Aussichten haben. Er wird dann Dich und die anderen Mitarbeiterinnen übernehmen. Der Kaufpreis ist okay. Und ich ziehe meinen Ruhestand ein paar Jahre vor. Ist doch gut, oder? Ach ja. Aus der Partei bin ich ausgetreten. Ich will nur noch in Ruhe leben."

„Ist gut, mein Schatz. Das verstehe ich gut. Gibt es neue Informationen von der Polizei?"

„Nein. Ich habe gestern noch mit Kommissar Hansen gesprochen. Sie sind weiter auf der Suche nach Marys Mörder und dem Attentäter, der mir den Bauchschuss verpasst hat."

„Was ist genau los mit Dir, Feller? Ich weiß, dass Du sehr krank bist, hast mir nie etwas gesagt."

„Ach, es ist alles gut. Mach Dir keine Sorgen."

Hauptbahnhof Hamburg. Ein Unbekannter entreißt einem Reisenden die Umhängetasche. Der Überfallene wehrt sich. Der Angreifer zieht eine Pistole und hält sie der Person an den Kopf. Es kommt zu einem Gerangel. Plötzlich fällt ein Schuss. Der Reisende fällt zu Boden. Sicherheitskräfte stürzen herbei und überwältigen den Angreifer. Der Überfallene wird nur leicht am Bein verletzt, ein Streifschuss. Der Täter wird auf die Polizeiwache gebracht.

Es ist Dienstagmorgen. Hauptkommissar Hansen sitzt an seinem Schreibtisch. Das Telefon klingelt. Hansen hebt ab.

„Hansen, grüß Dich. Hier ist Bertram. Wie geht es Dir, habe lange nichts mehr von Dir gehört. Wir müssen uns unbedingt mal wieder auf ein Bier treffen."

Hauptkommissar Bertram Vogel und Hansen kennen sich von der Polizei-Hochschule. Sie hatten damals zusammen studiert.

„Geht so, Bertram. Du kennst das ja. Viel Arbeit, das Verbrechen schläft nie. Haha."

„Du, ich habe was für dich. Wir haben am Hauptbahnhof einen Mann festgesetzt, Amerikaner. Sein Name ist George Bradshaw. Der brauchte wohl etwas Geld. Als wir uns zuletzt trafen hast Du mir doch von diesem Fall mit dem Doktor erzählt, der angeschossen wurde."

Feller wurde hellwach.

„Ja, der Halbbruder von unserem Doktor. Seine Schwester wurde in Fellers Praxis ermordet. Kannst Du ihn zu uns überstellen?"

„Klar, mache ich. Halte die Ohren steif, wir sehen uns. Bis dann."

Hansen informierte sofort seine Kollegin Müller und den Staatsanwalt. Könnte es sein, dass jetzt tatsächlich Bewegung in den Fall 'Doktor Feller' kommt?

Zwei Tage später. George Bradshaw wird in den Vernehmungsraum geführt. Da er nur Englisch spricht wird ein Dolmetscher hinzugerufen. Bradshaw bestand auf die Unterstützung durch einen Pflichtverteidiger, Rechtsanwalt Braun. Die Spusi hatte zwischenzeitlich festgestellt, dass Bradshaws Waffe nicht die ist, mit der Dr. Feller angeschossen wurde.

„Herr Bradshaw. Warum halten Sie sich in Deutschland auf?"

„Das kann ich Ihnen nicht sagen."

„Wir wissen genau, wann Sie nach Deutschland gekommen sind, zwei Tage nach Ihrer Schwester Mary."

„Na und, Zufall."

„So so, Zufall."

Bradshaw rutscht unruhig auf dem Stuhl hin und her.

„Sie wissen bestimmt, dass Ihre Schwester tot ist."

„Nein, woher auch?"

„Na gut. Wir bringen Sie jetzt zur Spurensicherung. Dort werden Ihnen Fingerabdrücke abgenommen und es wird eine DNA-Probe entnommen und dann bekommen Sie ein schönes Einzelzimmer. Morgen sehen wir uns beim Haftrichter. Es besteht der Verdacht, dass Sie Ihre Schwester umgebracht haben."

Damit wird George Bradshaw abgeführt.

Feller und Doktor Ozan treffen bei der Kassenärztlichen Vereinigung in Bad Segeberg ein. Verhandelt wird die Praxisübernahme durch Doktor Ozan. Es gibt noch einen Mitbewerber, aber Ozan kann sich durchsetzen und bekommt den Zuschlag. Erleichtert fahren die zwei Chirurgen zurück.

„Mahmut, schön, dass es geklappt hat. Lass uns darauf im Blitzableiter noch einen heben. Die Praxisübernahme gilt erst ab dem Ersten des nächsten Quartals. Bis dahin setze ich Dich einfach als meine Vertretung ein."

„Sehr gern, Feller. Den Kaufpreis überweise ich Dir gleich morgen. Mit meiner Bank habe ich schon alles klar gemacht."

„Dann viel Erfolg. Unsere zugereiste Klientel wird glücklich sein, Dich zu haben."

Später gesellte sich noch Vroni zu den Beiden im Blitzableiter.

„Na Feller? Gut, dass Du es jetzt geschafft hast?"

„Ja Vroni. Vierzig Jahre Chirurgie sind genug. Jetzt bin ich frei. Das war früher aber auch eine andere Zeit. Wenn ich nur an die 48-Stunden-Schichten im Krankenhaus denke. Wochenenddienst von Samstagmorgen bis Montagmorgen und danach noch der normale Tagdienst am Montag. Zum Glück hat sich da doch einiges zum Guten geändert. Aber meine sechs Jahre als Oberarzt waren nicht minder anstrengend. Die Niederlassung wirkte da schon wie eine Erlösung. Jetzt bin ich aber frei. Aber die Erfahrungen und Erlebnisse, die Herausforderungen und Kämpfe kann mir keiner mehr nehmen. Schön wars, gut wars, aber jetzt ist auch gut."

„Feller, ich habe aber trotzdem Angst um Dich. Was ist mit dem Mordversuch? Der Täter wurde doch noch nicht gefasst. Und geht es Dir wirklich gut?"

„Ach was. Bisher ist nichts passiert. Bestimmt wird auch weiter nichts passieren. Auf den Polizeischutz habe ich auch schon verzichtet. "

„Wenn Du meinst. Sorgen mache ich mir trotzdem."

„Lass uns verreisen. Ich habe vierzehn Tage auf Gran Canaria gebucht, unser Lieblingshotel. Mahmut, du gibst Vroni doch bestimmt frei dafür?"

„Klar Mann. Wann soll es denn losgehen?"

„Nächste Woche. Wenn wir wieder zurück sind, dann lasse ich mir den Darmausgang zurückverlagern."

Vroni fiel Feller um den Hals. Ein paar Tränen rannen über ihr Gesicht.

„Professor Mann. Können Sie mir den künstlichen Darmausgang nächsten Monat zurückverlagern?"

„Herr Feller, wollen Sie das wirklich? Sie wissen doch, wie es um Sie steht. Das Narkoserisiko ist bei Ihnen doch deutlich erhöht und zur Rückverlagerung ist es noch ein bisschen früh. Lassen Sie mich ehrlich sein. Ihre Lebenserwartung ist deutlich vermindert."

„Was schätzen Sie?"

„Zehn Monate, vielleicht ein Jahr, vielleicht weniger. Ja, ich mache es, wenn Sie unbedingt wollen."

„Zehn Monate? Zehn Monate nur."

Hauptkommissar Hansen, Staatsanwalt Doktor Schneller, Untersuchungsrichter Doktor Kleinhans, George Bradshaw, Strafverteidiger Braun und ein Dolmetscher treffen im Vernehmungszimmer ein. Doktor Kleinhans eröffnet die Sitzung.

„Herr Bradshaw. Sie werden des versuchten Raubes in Tateinheit mit vollendeter Körperverletzung im Hamburger Hauptbahnhof beschuldigt. Außerdem besteht der begründete Verdacht, dass Sie Ihre Schwester Mary getötet haben. Ihre Fingerabdrücke fanden sich auf dem zweiten Weinglas im Hotelzimmer Ihrer Schwester. Was sagen Sie dazu?"

„Den Raubversuch gebe ich zu. Meine Schwester habe ich nicht ermordet."

„Ihre Fingerabdrücke konnten wir auch auf der tödlichen Adrenalinspritze und der Adrenalinampulle sichern. Sie sind der Mörder Ihrer Schwester."

George Bradshaw sackte zusammen.

„Warum sind Sie Ihrer Schwester nachgereist? Warum haben Sie sich mit Ihrer Schwester im Hotel getroffen?"

„Ich habe mitbekommen, dass sie einen Flug nach Deutschland gebucht hatte. Ich habe auch mitbekommen, dass sie den Flug unter falschem Namen gebucht hat. Mir kam das seltsam vor. Sie wollte mir nichts erzählen. Ich dachte mir, da stimmt doch etwas nicht. Mary arbeitete für einen großen Konzern. Ich selbst habe kein Einkommen. Meine Schwester hatte mich heimlich bei sich zu Hause aufgenommen. Wir waren doch immer sehr eng. Warum dann die Geheimniskrämerei? Also habe ich mir Geld besorgt und bin ihr gefolgt."

„Wie haben Sie herausgefunden, in welchem Hotel sie wohnte?"

Sie hatte das Hotel online gebucht. Ich habe die Adresse in ihrem Computer gefunden."

„Und warum haben Sie Ihre Schwester in ihrem Hotelzimmer aufgesucht?"

„Ich wollte einfach wissen, was sie vorhatte."

„Und warum haben Sie das Hotelzimmer durchwühlt?"

„Das habe ich nicht."

Hauptkommissar Hansen meldete sich zu Wort.

„Der Fall ist doch eindeutig. Sie sind Ihrer Schwester gefolgt, weil Sie mitbekommen haben, dass Ihre Schwester zehntausend Euro von

Doktor Feller überwiesen bekam. Haben Sie im Hotel nach Geld gesucht?"

„Noch einmal. Ich war das nicht."

„Doch, wir haben Fingerabdrücke Ihrer Schwester auf einigen der bei Ihnen gefundenen Geldscheine gesichert. Woher haben Sie die Pistole?"

Die habe ich mir in Hamburg besorgt. Hat mich mein letztes Bargeld gekostet."

„Aha, vielleicht ein paar tausend Euro?"

„Wir haben Ihre Fingerabdrücke auch auf einem der Rotweingläser im Hotelzimmer und auf der Spritze in Doktor Fellers Praxis gefunden. Sie sind praktisch überführt."

„Ich beantrage Untersuchungshaft. Der Verdächtige hat keinen festen Wohnsitz und es besteht Verdunkelungsgefahr."

Untersuchungsrichter Doktor Kleinhans ordnet Untersuchungshaft an und beendet die Sitzung.

„Feller, da streicht ein Mann ums Haus. Sieh aus dem Fenster."

Vroni zeigt sich sehr besorgt. Feller tritt ans Fenster.

„Ich sehe nichts. Komm, wir gehen zu Bett. Morgen müssen wir früh los. Es geht nach Gran Canaria. Freue dich und höre auf, Dir Sorgen zu machen."

„Du musst Dich doch jeden zweiten Tag bei der Polizei melden."

„Ach was. Ist doch egal."

Was Feller nicht wusste war, dass Hansen die Überwachung keineswegs aufgegeben hatte.

Sehr früh starteten Feller und Vroni zum Flughafen. Der Flieger startete um zehn nach sieben. Um den Flug angenehmer zu gestalten hatte Feller vorab Sitzplätze mit größerem Fußbereich und einen freien Mittelsitz gebucht. Vroni schlief während des gesamten Fluges. Feller versuchte zu lesen, was ihm aber nicht gelang. Er konnte sich einfach nicht konzentrieren. Nach der Landung in Las Palmas nahmen sie ein Taxi zum Hotel in Maspalomas. Es war ihre Lieblingsanlage in der sie schon oft gewohnt hatten, eine familiäre Anlage, direkt am Strand gelegen. Sie richteten sich ein und unternahmen dann einen kurzen Spaziergang am Strand.

Nach einigen Tagen im Liegestuhl mieteten sie ein Auto. Sie fuhren in die Berge zum Roque Nublo. Unterwegs begegneten sie vielen Radrennfahren und auch einigen Motorrädern. Gran Canaria ist wohl neben Mallorca ein beliebtes Trainingsgebiet für Radfahrer. Feller erinnerte sich an seine Zeit als aktiver Radrennfahrer. Regelmäßig hatte er als Hobbyfahrer an den Cyclassics in Hamburg und am Velothon in Berlin über die 100 km-Distanz teilgenommen. Nachdem er viele Unfälle gesehen hatte beschloss er, die Rennen sein zu lassen. Seine Gesundheit ist ihm wichtiger gewesen.

„Hey Feller, lass uns auf den Roque Nublo hinaufwandern."

„Ist gut, aber ich fühle mich heute nicht wirklich fit."

„Ach was, los geht's."

Schon häufiger sind die Beiden auf Roque Nublo hinaufgestiegen. Vroni hat es aber nie bis zum Gipfel geschafft, im Gegensatz zu Feller. Einmal hatte sie nur Flipflops getragen. Ein anderes mal hatte sie unterwegs erschöpft aufgegeben. Dann wieder hatte sie vergessen, etwas zum Trinken mitzunehmen und es war unerträglich heiß. Feller ist dann alleine weitergewandert. Sie waren schon fünfzehn Minuten unterwegs. Vroni zeigte sich sehr ehrgeizig und lief beschwingt voraus. Feller schnaufte jedoch.

„Vroni, ich schaffe es heute nicht. Geh allein weiter, oder wir kehren gleich um."

„Oh Mann, was ist los mit dir?"

´Na ja, er ist sehr krank´ dachte sie.

„Gut, dann ruhen wir uns jetzt etwas aus und gehen dann ganz langsam zum Wagen zurück."

Auf dem Parkplatz angekommen beschlossen sie noch, zum sogenannten Roque Nublo View Point hochzufahren. Die Aussicht dort oben ist wirklich einzigartig. Später, am Abend, saßen sie bei einem trockenen Rotwein auf der Terrasse ihrer Unterkunft und blickten zufrieden auf das Meer hinaus.

„Feller, muss ich mir Sorgen machen? Du hast heute den Roque nicht geschafft. Das kenne ich von dir gar nicht."

„Alles gut. Wir werden es ein anderes mal wieder versuchen. Jetzt lass uns den schönen Abend genießen. Ich zünde mir noch eine Pfeife an und danach gehen wir ins Bett."

'Die verdammte Pfeife', dachte Vroni.

So verbrachten sie geruhsame Tage auf der Insel. Nach zwei Wochen kehrten sie erholt nach Deutschland zurück.

Es war ein schöner Herbsttag. Am Nachmittag schickte die Sonne wärmende Strahlen vom Himmel. Hansen hatte angerufen und eine Nachricht auf Fellers Mailbox hinterlassen. Es bat Feller, ihn im Kommissariat aufzusuchen. Am Tag nach ihrer Rückkehr suchte Feller den Kommissar auf.

„Guten Morgen Doktor Feller. Wie geht es Ihnen?"

„Passt schon, alles gut. Gibt es Neuigkeiten?"

„Allerdings. Wir haben George Bradshaw, Ihren Halbbruder festgenommen. Er hat gestanden, seine Schwester im Hotel aufgesucht zu haben. Wir konnten ihm den Mord an Ihrer Halbschwester nachweisen. Den Grund kennen wir noch nicht. Er war auch im Besitz einer Pistole. Mit der wurde aber eindeutig nicht auf Sie geschossen."

„Hm, wenn es so war, warum hat er dann Mary getötet?"

„Das müssen wir herausfinden und auch, wer auf Sie geschossen hat. Übrigens haben wir bei ihm etwa sechstausend Euro gefunden. Sie stammen mit Sicherheit von Ihrer Schwester. Von wegen er habe kein Geld mehr gehabt. Haha. Frage: Warum haben Sie Ihrer Schwester zehntausend Euro in die Staaten überwiesen?"

„Sie wissen ja, dass ich sie 1976 in Baltimore getroffen habe. Wir hatten danach noch für einige Zeit einen Briefwechsel. Den Briefen konnte ich entnehmen, dass Mary eine hervorragende Studentin war und eine glänzende Zukunft vor sich hatte. Der Briefwechsel ist später aber eingeschlafen. Ich selbst habe keine Familie mehr. Meine Frau ist gestorben, für meine Töchter bin ich auch gestorben. Ich habe nur noch meine Vroni. Ich wollte Mary einfach sehen und habe sie eingeladen. Dafür hatte ich ihr zehntausend Euro überwiesen. An George hatte ich nicht gedacht. Er war mir nicht so wichtig. Wenn ich geahnt hätte, dass ihre Reise nach Deutschland tödlich enden würde, dann hätte ich sie nicht eingeladen."

„Was haben Sie mit den vierzigtausend Euro gemacht die Sie von der Bank abgehoben haben?"

„Herr Hansen, das kann ich Ihnen nicht sagen. Finden Sie es heraus."

Oberkommissarin Müller und Hauptkommissar Hansen besprachen sich im Kommissariat.

„Hansen, ich habe gerade einen Anruf vom LKA bekommen. Sie konnten das Handy vom Franek abhören. Er hat einen Auftrag angenommen, einen Zahnarzt in Berlin umzubringen. Auftraggeberin ist wohl die Ehefrau des Zahnarztes. Franek hat den Auftrag zwar angenommen. Er könne das aber erst später erledigen. Vorher habe er noch eine Aufgabe an der Ostsee zu erfüllen. Franeks Handy konnte aber nicht geortet werden. Es war nur kurzzeitig eingeschaltet gewesen."

„Sieh an, sieh an. Jetzt wissen wir, dass Franek tatsächlich hinter Feller her ist. Fragt sich nur, wer der Auftraggeber ist. Frau Gelis, Fellers Partnerin?"

„Kann ich mir nicht vorstellen. Was könnte sie davon haben? Aber man kann ja nie wissen. Immerhin wird sie in Fellers Testament als Alleinerbin begünstigt. Wir müssen Frau Gelis noch einmal gründlich durchleuchten. Wir bestellen sie ein."

Am nächsten Vormittag saß Veronika Gelis in Hansens Büro.

„Frau Gelis, schön dass Sie kommen konnten. Wie geht es Ihnen?"

„Danke, geht so. Ich mache mir Sorgen um Feller. Erst der Anschlag und dann scheint er gesundheitlich doch noch immer angeschlagen zu sein. Manchmal kommt er mir irgendwie abwesend vor, fahrig, unkonzentriert."

„Wie würden Sie Ihr Verhältnis zu Ihrem Partner beschreiben?"

„Er ist ein wundervoller Mensch, hat ein großes Wissen, war immer für mich da, auch als ich mich von meinem Mann getrennt habe. Das war ein furchtbarer Rosenkrieg. Ich liebe ihn und er liebt mich auch sehr."

„Frau Gelis, erschrecken Sie nicht, aber Sie müssen verstehen, dass wir in alle Richtungen ermitteln. Ich habe einen Beschluss zur Einsichtnahme in Ihre Konten beantragt."

„Was? Warum? Ich habe Feller doch nichts getan und werde ihm auch niemals etwas tun. Aber bitte. Sie können sich Ihren Beschluss sparen. Ich erlaube Ihnen auch so, mein Konto einzusehen. Ich habe nur ein Konto und ein Schließfach bei der Bank. Wo muss ich unterschreiben?"

„Was befindet sich im Schließfach?"

„Einige Goldmünzen. Feller hatte sie nach der Praxisabgabe vor drei Wochen gekauft. Ist wohl eine relativ sichere Anlage."

„Doktor Feller hat ein Testament gemacht."

„Ja, das sagte ich Ihnen ja bereits, er hat es notariell hinterlegt. Das hat er doch nur gemacht, weil seine Kinder mit ihm gebrochen haben. Sie glauben doch wohl nicht, dass ich Jemanden beauftragt habe, ihn umzubringen." Gelis vergoss einige Tränen.

„Sie können dann gehen, Frau Gelis."

Hansen und Schäfer besprachen sich in Hansens Büro.

„Wir hatten ja George Bradshaws Fingerabdrücke an die Amerikaner übermittelt, Schäfer."

„Ja, was ist damit?"

„Die Amerikaner konnten Bradshaws Fingerabdrücke mehreren Raubüberfällen in den USA zuordnen. Bradshaw hatte unter vorgehaltener Waffe mehrere Malls überfallen. In einem Fall wurde ein Security-Mitarbeiter schwer verletzt. Scheint ein schlimmer Bursche zu sein. Wir wissen immer noch nicht, warum er seine Schwester ermordet hat. Wir sollten ihn noch einmal verhören."

„Machen wir, am besten gleich. Ich bestelle einen Dolmetscher."

George Bradshaw wurde in Handschellen aus der Untersuchungshaft vorgeführt.

„Mister Bradshaw, die Kollegen vom FBI wissen jetzt, dass Sie mehrere Raubüberfälle in den Staaten verübt haben und würden Sie am liebsten sofort überstellt bekommen. Das geht natürlich nicht, denn Sie haben hier in Deutschland Ihre Schwester ermordet. Den Grund kennen wir immer noch nicht. Ich rate Ihnen, zu kooperieren. Der Richter wird das zu schätzen wissen. Dass Sie hier verurteilt werden ist sonnenklar. Also, was waren Ihre Beweggründe?"

„Meine Schwester war immer die Überfliegerin. Sie hat immer alles erreicht was sie erreichen wollte. Sie konnte studieren, hatte immer gute Zeugnisse und gute Jobs, meist bei erfolgreichen internationalen Konzernen. Ich habe alles verkackt, hatte nie Erfolg, auch nie genug Geld. Deshalb auch die Raubüberfälle. Meine Schwester hatte mich dann heimlich bei sich aufgenommen, ich hatte keine Wohnung mehr."

„Warum sind Sie ihr nach Deutschland gefolgt?"

„Na deshalb. Ich hatte ja mitbekommen, dass ein Doktor sie gebeten hatte, nach Deutschland zu kommen und dass er ihr viel Geld überwiesen hatte. Ich dachte mir, vielleicht kann ich vom Kuchen ein Stück abbekommen."

„Und deshalb haben Sie sie in ihrem Hotel aufgesucht?"

„Ja."

„Und wie ging es dann weiter?"

„Ich suchte sie im Hotel auf. Sie war sehr überrascht, mich zu sehen. Ich bat sie, mir etwas von dem Geld abzugeben. Aber sie war stur, wie immer schon. Ich war so wütend. Ich habe herausbekommen, wer der Doktor war und wo er seine Praxis hatte. Mary erzählte mir noch, dass sie bei dem Doktor in Behandlung war. Ich wusste zu dem Zeitpunkt noch nicht, dass der Doktor mein Halbbruder ist. Ich wusste, dass die Praxis alarmgesichert ist, stand ja an der Tür. Also habe ich mich etwas umgesehen und bin in die Nachbarpraxis eingestiegen. Ich habe dann die Verbindungstür zur Chirurgie gefunden, sie war zu meiner Verblüffung nicht verschlossen. Den Alarmcode habe ich dann am Praxisserver gefunden, er stand auf einem Zettel. So konnte ich meine Schwester dann in die Praxis hereinlassen, ohne dass ein Alarm ausgelöst wurde, nachdem ich vorher das Türschloss von der Innenseite aus mit speziellem Werkzeug geöffnet hatte. In einer Fernsehdokumentation habe ich mal gesehen, dass unverdünntes Adrenalin in hoher Dosis tödlich wirkt. Von meinem Handy aus habe ich dann meine Schwester angerufen. Ich habe noch nicht einmal meine Stimme verstellt. Ich habe ihr nur gesagt, dass sie sofort kommen müsse, ansonsten würde Doktor Feller Schreckliches widerfahren. Ich glaube, sie wusste inzwischen schon, dass der Doktor ihr Halbbruder ist. Sie kam dann auch gleich. Nach ihrem Eintreffen habe ich sie überwältigt, ins Röntgenzimmer gezerrt und ihr die Spritze verpasst. Die Adrenalinampulle hatte ich vorher nach kurzer Suche in der Praxis gefunden. Danach habe ich die Alarmanlage wieder scharf gestellt und die Praxis auf dem Weg verlassen auf dem ich gekommen bin. Mit der Türkarte für ihr Hotelzimmer habe ich mich dann in ihrem Zimmer umgesehen. Ich habe Geld gesucht und auch eine größere Summe gefunden. Danach habe ich mich nach Hamburg aufgemacht. Die Reeperbahn soll ja sehr schön sein."

„Und warum haben Sie sich in Hamburg eine Pistole besorgt?"

„Na, irgendwann wird mein Geld ja verbraucht sein."

„Sie sind also wieder in Ihr altes Muster verfallen. Habe ich kein Geld, dann besorge ich mir etwas. Und warum der Streit am Hamburger Bahnhof?"

„Der Kerl hat mich einfach nervös gemacht. Ich wollte einfach seinen Rucksack haben und sehen, ob ich den Inhalt gebrauchen kann."

„Oh Mann, unfassbar. Doktor Feller hatte eine Drohanruf erhalten. Wir wissen jetzt, dass der Anruf von Ihrem Handy kam. Sie wollten ihn also auch umbringen. Den Mordversuch an Feller können wir Ihnen noch nicht nachweisen. Wir arbeiten daran. Na gut, der Staatsanwalt wird umgehend Anklage erheben. Sie werden für längere Zeit im Bau verschwinden und danach werden sich die Amerikaner um Sie kümmern. Führt ihn ab."

„Okay Müllerin. Dieser Fall wäre geklärt."

„Ja, das ist er. Wir wissen aber immer noch nicht, was es mit dem Mordanschlag auf Feller auf sich hat, Hansen."

„Daran müssen wir noch arbeiten."

Hauptkommissar Hansen begab sich im Anschluss auf den Weg zu seiner Wohnung. Sie liegt in der Altstadt in einer ruhigen Seitenstraße in einem Altbau mit herrlichem Blick über die Stadt, ist recht klein, aber gemütlich eingerichtet. Hansen ist Single, hat sein Leben der Verbrecherjagd gewidmet. Es gab einige Beziehungen, aber sie hielten alle nicht sehr lange. Das unruhige Berufsleben forderte seine ganze Kraft. Nach einem ´medium´ gebratenen Steak und einem Glas eines trockenen Rotweins legte Hansen sich zur Ruhe.

´Hiermit überreiche ich Herrn Hauptkommissar Ulf Hansen die Urkunde für besondere Leistungen im Kriminalpolizeidienst des Landes Schleswig-Holstein. Herr Hansen, erheben Sie sich und kommen Sie auf die Bühne. Ich bitte das Auditorium um Applaus.´
Ein sehr nervendes Geräusch durchdringt die Stille, kein Applaus. Es klingt wie ein eingehender Telefonanruf. Hansen öffnet die Augen und schaut auf die Uhr. Es ist fünf Uhr, kein Auditorium, es war wohl ein Traum. Okay, keine besondere Auszeichnung, nur ein Handy-Anruf.
„Hier Hansen, wer stört?"
„Hansen, altes Haus. Lange nichts mehr voneinander gehört. Weber hier. Du erinnerst Dich, Berlin 2015, die interne Fortbildung in Berlin, beziehungsweise die Sause danach? Mann, was war das für eine Nacht."
„Und deshalb weckst Du mich mitten in der Nacht?"
„Natürlich, ist sehr wichtig. Franek hat wohl wieder zugeschlagen. Wir dachten, er würde erst an der Ostsee aktiv sein, aber dann hat er doch zuerst den Zahnarzt in Berlin liquidiert. Da haben wir wohl nicht richtig aufgepasst. Die Zahnarztfrau haben wir festgenommen. Sie hat gestanden, Franek beauftragt zu haben."
Hansen war zwischenzeitlich hellwach.
„Wie hat sie das gemacht?"
„Darknet, ich sage nur Darknet. Sie hat über das Darknet Kontakt zu Franek aufgenommen und vierzigtausend Euro investiert."
Bei den Wörtern *vierzigtausend Euro* war Hansen endgültig hellwach. Da war doch was. Er erinnerte sich sofort daran, dass Feller vierzigtausend Euro von seinem Konto abgehoben hatte.
„Danke Olav, das ist ein guter Hinweis, das hilft uns bestimmt weiter."
„Danichfür, mach es gut und grüße die Müllerin von mir."

Um sieben Uhr betrat Hansen das Kommissariat, bereitete sich einen starken Kaffee und setzte sich in sein Büro. Die anderen aus seinem Kommissariat waren noch nicht im Haus. Hansen blätterte die Feller-Akte durch, wieder und wieder. ´Was haben wir übersehen´, fragte er sich. ´Darknet, Darknet, vierzigtausend Euro. Franek, wo steckst du?´

Um acht Uhr kam Oberkommissarin Müller. Doppel-K dürfte mittlerweile auch im Haus sein. Hansen informierte Frau Müller über das nächtliche Telefonat mit Hauptkommissar Weber aus Berlin.

„Rufen Sie mir Doppel-K, ich muss etwas mit ihm besprechen."

Um halb neun traf Doppel-K in Hansens Büro ein.

„Karl, ich habe da so einen Verdacht. Nimm Dir bitte den Laptop oder Computer von unserem Doktor vor, am besten auch den von Frau Gelis. Sieh mal, ob Du irgendeine Verbindung zum Darknet finden kannst. Die vierzigtausend Euro die Feller abgehoben hatte könnten das Honorar für einen Auftragsmord gewesen sein."

Und an OK Müller gewandt: „Franek hatte doch diesen Auto-Unfall in Breitenfelde. Er hatte sich dabei verletzt. Forschen Sie doch einmal, ob es in der Umgebung von Breitenfelde einen Arzt gibt, der Franek versorgt haben könnte."

„Alles klar, Chef, mache ich."

Um zehn Uhr klingelte Doppel-K zusammen mit einem Kollegen der Bereitschaftspolizei an Fellers Haustür.

„Guten Tag Herr Doktor. Wir möchten Ihren Computer noch einmal mitnehmen und auch den Ihrer Partnerin, Frau Gelis."

„Warum?" fragte Feller.

„Haben Sie einen Durchsuchungsbeschluss?"

„Den haben wir nicht, können wir aber gerne nachreichen."

„Was ist denn los?" hörte man aus dem Hintergrund, es war die Stimme von Frau Gelis.

„Die Polizei möchte unsere Computer mitnehmen."

„Ist doch kein Problem. Gib ihnen unsere Rechner und dann haben wir wieder unsere Ruhe."

Feller wirkte unschlüssig, gab dann aber doch nach und überreichte den Polizisten die zwei Laptops.

Einige Tage später berichtete OK Müller, dass sie in Mölln einen Arzt gefunden hatte, der möglicherweise Kontakt zu Franek gehabt haben könnte. Der Mediziner wurde für den nächsten Tag vorgeladen.

Um zehn Uhr des nächsten Tages erschien ein etwa fünfzigjähriger Mann auf dem Kommissariat. Er machte einen etwas unordentlichen Eindruck, unrasiert, schlecht gekleidet. Offensichtlich hatte Doktor Wiefels, so hieß er, schon bessere Zeiten gesehen.

„Doktor Wiefels, schön dass Sie kommen konnten." eröffnete Hansen. „Wir haben Erkundigungen über Sie eingeholt. Sie haben Ihre Kassenzulassung als Allgemeinarzt verloren und Ihre Approbation ist akut gefährdet. Sie sollen in angetrunkenem Zustand Patienten behandelt haben. Aktuell läuft ein Verfahren gegen Sie zum Entzug der Approbation. Ist das richtig?"

„Sie wissen es ja schon. Ja, das ist richtig."

Wiefels wurde blass, noch blasser als er ohnehin schon war.

„Wie finanzieren Sie ihren Lebensunterhalt?"

„Ich arbeite mal hier, mal da."

„Aha. Behandeln Sie auch Patienten, die keinen Versicherungsschutz haben oder die möchten, dass deren Versorgung nicht bekannt wird?"

„Das kann schon sein, man muss ja leben."

„Wie kommen diese Leute dann an Ihre Adresse?"

„Mundpropaganda."

„Aha, Mundpropaganda."

„Ja, in bestimmten Kreisen habe ich einen gewissen Ruf."

„Haben Sie vor einigen Wochen einen Mann behandelt, der Sie nach einem Autounfall aufgesucht hatte?"

„Kann schon sein."

„Was heißt kann schon sein? Haben Sie oder haben Sie nicht?"

„Ja, habe ich. Der Mann hatte sich eine Verstauchung am rechten Handgelenk zugezogen und eine Platzwunde an der Stirn. Er klingelte um Mitternacht an meiner Haustür. Die Verletzungen habe ich ordentlich versorgt."

„Woher hatte der Mann Ihre Adresse?"

„Die spricht sich eben rum. Mehr sage ich nicht."

„Doch, mehr werden Sie uns sagen müssen. Ansonsten belangen wir Sie wegen Behinderung polizeilicher Ermittlungen. War der Mann Deutscher? Hat er sich überhaupt vorgestellt?"

„Kann schon sein. Sein Dialekt war aber osteuropäisch. Mit Namen vorgestellt hat er sich nicht. Er sagte, es wäre besser, wenn ich nicht zu viel über ihn wüsste."

„Wäre dieser Mann mit diesen Verletzungen in der Lage gewesen, zielgenau zu schießen?"

„Eher nicht."

„Wie sah er aus?"

„Etwa eins siebzig groß, untersetzt, dunkles Haar, hohe Stirn."

„Hat er sonst noch etwas gesagt?"

„Nur, dass er jetzt nach Berlin fahren würde."

„Das passt zu Franek." raunte Hansen seiner Kollegin zu.

„Wie hat besagter Mann ihre Hilfeleistung bezahlt?"

„Zweitausend Euro in bar, spendabel der Herr."

„Dann wollen wir es hiermit erst einmal bewenden lassen, Doktor Wiefels. Sie halten sich bitte zu unserer Verfügung. Guten Tag."

Am Nachmittag erschien Doppel-K in Hansens Büro.

„Hansen, eine gute und eine schlechte Nachricht. Wir haben Franek im Darknet gefunden. Das ist die gute Nachricht. Er hat wirklich Auftragsmorde angenommen, den an dem Zahnarzt in Berlin und auch den Auftrag, Doktor Feller zu töten, Honorar jeweils vierzigtausend Euro."

„Und die schlechte Nachricht?"

„Wir können den Anschlag in Berlin der Ehefrau zuordnen. Wir können nicht ermitteln, wer den Anschlag auf Doktor Feller in Auftrag gegeben hat."

„Okay, das ist nicht gut. Einen neuen Anschlag auf Feller hat Franek wohl verschoben, weil er sich nach dem ersten, misslungenen Versuch eine Verletzung des Handgelenkes zugezogen hat. Wir müssen weiter wachsam sein, Doktor Feller schwebt weiter in Lebensgefahr."

Am Nachmittag suchten HK Hansen und OK Müller Doktor Feller auf.

„Doktor Feller, wie geht es Ihnen?"

„Gut, ich habe meine ärztliche Tätigkeit aufgegeben und genieße das Leben."

„Doktor Feller, wir gehen immer noch davon aus, dass Sie in großer Gefahr schweben. Wir wissen mittlerweile, dass nach dem gescheiterten Mordversuch an Sie ein weiterer Anschlag sehr wahrscheinlich ist."

„Ach was, alles gut. Wenn der Attentäter es gewollt hätte dann hätte er es doch zeitnah wieder versucht."

„Leider stimmt das so nicht. Doktor Feller, sie brauchen weiter Polizeischutz. Wir werden Sie und Ihre Partnerin in einem sogenannten Safe-House unterbringen."

Jetzt erschien Veronika Gelis. Sie hatte sich etwas hingelegt und kam jetzt aus dem Schlafzimmer. Offenbar hatte sie das Wesentliche mit angehört.

„Mein Gott Feller. Du hörst doch was der Kommissar sagt. Natürlich gehen wir ins Safe-House bis die Gefahr vorbei ist. Ich dulde keine Widerrede."

„Streng war sie schon immer." sagte Feller. „Na gut, machen wir. Wir packen schnell ein paar Sachen zusammen und dann fahren wir los."

„Das ist gut. Frau Müller wird solange hierbleiben und auf Sie aufpassen."

Zurück auf dem Kommissariat organisierte Hansen die Verlegung des Paares in das Safe-House. Das Haus lag einsam gelegen in einem Ort an der Lübecker Bucht. Drei Polizisten wurden zur Sicherung der beiden vor Ort im Schichtdienst verdonnert. Kurz vor Dienstschluss erschien dann noch Frau Müller auf dem Kommissariat.

„So Hansen, haben wir das erst einmal erledigt. Lust auf ein schönes Abendessen? Kommen Sie schon. Wir haben schon lange nichts mehr gemeinsam unternommen."

„Ist gut, machen wir. Dann kommen wir wieder etwas runter. Aber kein dienstliches Gespräch dabei. Ich lade Sie ein."

„Akzeptiert."

Viele Jahre haben die beiden Kommissare schon zusammen gearbeitet. Die Kommunikation zwischen den beiden ist sehr förmlich geblieben, obwohl sie sich schon immer sehr sympathisch waren . Sie suchten ein angesagtes, gutbürgerliches Restaurant in der Altstadt auf. Es wurde ein sehr schöner Abend mit guten Gesprächen. Jeder erzählte von seinem/ihrem Leben, von ihren Urlauben, ihren Vorlieben und Hobbys. Hansen berichtete von seiner Liebe zur Amateurphotographie, Müller von ihrer Freude am Motorradfahren. Sie stießen mit ihren Weingläsern an und später setzten sie sich noch an den Tresen, um ein oder zwei Gläser Rotwein zu trinken.

„Frau Müller, das ist ein schöner Abend. Wir kennen uns schon so lange, es wird, glaube ich Zeit, dass wir das lästige ´Sie´ jetzt endlich einmal ablegen. Ich heiße Ulf."

„Und ich heiße Rita, Prost."

„Es ist schon dreiundzwanzig Uhr. Wir sollten aufbrechen. Ich schlage vor, wir nehmen noch einen Absacker bei mir zu Hause zu uns. Ich wohne nicht weit von hier."

„Na gut, Ulf. Aber nur einen Absacker. Gehen wir. Ich rufe mir dann später ein Taxi."

So verließen die beiden das Restaurant und steuerten beschwingt auf Hansens Wohnung zu.

Um sechs Uhr ertönte der Weckruf von Hansens Handy. Er stand auf und wollte das Badezimmer aufsuchen. Als er die Tür zum Bad öffnete blieb er erstarrt stehen. Da stand eine Frau vor dem Spiegel. Ach ja, Rita, hatte er ganz vergessen. Jetzt erst vernahm er den Geruch von frisch aufgebrühtem Kaffee.

„Das ist ja ein Ding." Zärtlich platzierte er einen Kuss auf ihre Schulter.

„Ich habe gut geschlafen. Ich hoffe, Du auch."

„Ja, sehr gut. Ich bin hier fertig. Mach Du weiter. Ich bereite ein Frühstück vor. Ich werde mich in Deiner Küche schon zurechtfinden."

„Ich warne Dich vor, ist ein Junggesellenhaushalt."

„Wird schon klappen."

Später im Kommissariat.

„Rita, wir wissen in etwa wie Franek aussieht, von den Überwachungskameras in Düsseldorf und von Phantombildern des BKA. Wir sollten die Bilder an alle Tankstellen an den Hauptverkehrsrouten zwischen Berlin und hier senden. Franek wird nicht aufgeben und sich bestimmt auf den Weg hierher machen."

„Okay, ich veranlasse das."

Einige Tage später meldete sich ein Tankstellenbetreiber von der Autobahn A 24. Er ist sich sicher, dass Franek an seiner Tankanlage Benzin gekauft hat. Die Zulassungsnummer konnte der aufmerksame Tankwart auch mitteilen, ein dunkler SUV mit Berliner Kennzeichen.

„Gute Nachrichten, Rita. Wir kriegen ihn. Wir geben das Kennzeichen an alle Kommissariate im Umkreis. Ich frage mich aber, wie Franek den Doktor finden will. Er ist ja im Safe-House. Wir müssen die Kollegen am Safe-House informieren."

„Gut, ich setze mich sofort mit ihnen in Verbindung."

Kurz darauf meldete sich Doppel-K bei den beiden Kommissaren.

„Ich weiß jetzt, wer den Mord an Dr. Feller in Auftrag gegeben hat. Ihr werdet es nicht glauben, aber es ist der Doktor selbst."

Den Kommissaren blieb der Mund offen, sie waren sprachlos.

„Wie sollte das Geld für den Auftragsmord übergeben werden?"

„Unklar. Feller hat seinen Laptop ja wieder bekommen. Über das Darknet hat er nach dem missglückten Attentat noch einmal Kontakt mit Franek aufgenommen. Weitere Zehntausend Euro liegen jetzt in einem Schließfach im Bahnhof. Er hat Franek auch darüber informiert, dass er sich morgen gegen Mittag in Travemünde aufhalten wird. Er hat das sehr geschickt gemacht. Franek weiß wirklich nicht, wer der Auftraggeber ist. Der Schlüssel zum Schließfach findet sich dann unter einem Abfallkorb direkt bei den Schließfächern, angeklebt in einem Briefumschlag."

Etwa zeitgleich meldete sich der aktuell diensthabende Polizist vom Dark-House.

„Doktor Feller ist verschwunden. Er wollte nur mal kurz raus zum Luftschnappen. Jetzt ist er verschwunden."

„Oh Mann, können Sie nicht aufpassen." stöhnte Hansen.

„Na gut, drei Streifenwagen zum Bahnhof und drei Wagen sollen verstärkt Streife in Travemünde fahren. Wenn Franek zuschlägt, dann sicher erst morgen Mittag. Wir haben also noch etwas Zeit. Ab morgen früh werden Frau Müller und ich selbst in Travemünde sein."

Am nächsten Morgen wachten Hansen und Müller mit einem unguten Gefühl in der Magengegend auf. Die Suche nach Feller war bisher erfolglos gewesen. Dann kam die Meldung vom Bahnhof. Franek ist gesehen worden, konnte aber noch nicht gefasst werden. Gegen neun Uhr kam eine neue Nachricht vom Bahnhof. Ein Unbekannter hatte eine wüste Schlägerei angezettelt. Zwei Unbeteiligte wurden zusammengeschlagen. Es gab ein großes Durcheinander. Ein verdächtiger Gegenstand, ähnlich einer Bombe, wurde gefunden. Es entstand eine große Panik. Menschen liefen angsterfüllt aus dem Bahnhof. Die am Bahnhof extra eingesetzten Polizisten versuchten des Tohuwabohus Herr zu werden. Nachdem der Bahnhof evakuiert worden ist stellten die Beamten fest, dass ein Schließfach offenstand. Der verdächtige Gegenstand stellte sich als harmlos heraus. Ein Schlüssel unter dem Abfallkorb wurde nicht gefunden.
„Alle verfügbaren Einsatzkräfte sofort nach Travemünde." ordnete Hansen an. „Ziemlich clever, unser Franek."

Das Wetter verschlechtert sich zunehmend. Dunkle Wolken ziehen auf. Es dauert auch nicht lange, dann gibt es die ersten Regenschauer. Dutzende Polizeifahrzeuge fluten Travemünde, schwer bewaffnete Polizisten patrouillieren auf allen Straßen. Travemünde wird komplett abgeriegelt, an allen Einfallstraßen gibt es Kontrollen. Verdächtige Personen werden streng kontrolliert. Auf der Vorderreihe sieht Hansen einen Mann auf den die Beschreibung von Franek passt. Unauffällig folgt er ihm, die Hand am Pistolenhalfter. Der Verdächtige scheint unentschlossen zu sein, wechselt oft die Richtung. Dann bleibt er stehen. Offensichtlich hat er sein Opfer erspäht. Hansen informiert über Funk seine Kollegen. Franek geht über die Vorderreihe Richtung Travepromenade. ´Wo ist denn Feller´ denkt Hansen. OK Müller behält Franek vom Leuchtenfeld aus im Blick. Dann sieht Hansen den Doktor, er läuft in die gleiche Richtung wie Franek, etwa einhundert Meter vor ihm. Hansen beschleunigt sein Tempo. Als er zwanzig Meter hinter Franek angekommen ist zieht er seine Waffe. „Hände hoch Franek, sofort, keine Bewegung." Franek bleibt stehen, dreht sich langsam um und zieht dann unvermittelt eine Pistole. Schüsse fallen. Hansen wird am rechten Bein getroffen, sinkt zu Boden. Müller hatte sich ebenfalls schon genähert und zielt auf Franek der sofort stark blutend zu Boden sinkt. Noch im Fallen gibt er einen weiteren Schuss ab der aber Niemanden trifft. SEK-Einsatzleute sind sofort am Tatort und überwältigen den Attentäter. OK Müller bleibt unverletzt. „Rita, kümmere Dich um Feller" ruft Hansen. Aber wo ist Feller. Dann erspäht Müller den Doktor. Er steht am Eingang zum Alten Leuchtturm. Es ist der älteste Leuchtturm Deutschlands, Anno 1330 erstmals erwähnt. Müller rennt so schnell sie kann.

Schwer atmend erreicht Feller nach 142 Stufen die Aussichtsgalerie in 31 Metern Höhe. Von dort aus blickt er auf die Ostsee, den Priwall und dann auf die Trave. Gerade passiert eine Fähre die Nordermole auf dem Weg nach Skandinavien. In diesem Moment reißt die Wolkendecke auf und die Sonne taucht die Landschaft in ein warmes Herbstlicht. Noch immer muss Feller schwer atmen. Dann tritt Müller durch die Öffnung auf die Galerie. Feller steht regungslos vor ihr, die Hände am Geländer.

„Nicht mal mehr ein Jahr, vielleicht auch nur noch ein halbes Jahr."

Die Handlung dieses Romans und alle Namen sind frei erfunden.
Ähnlichkeiten mit lebenden oder verstorbenen Personen wären rein zufällig.
Autobiografische Übereinstimmungen können nicht gänzlich ausgeschlossen
werden.

Zeitfracht Medien GmbH
Ferdinand-Jühlke-Straße 7
99095 Erfurt, Deutschland
produktsicherheit@kolibri360.de